Studentessa sottomessa 2

Collezione di dominazione erotica

Erika Sanders

ERIKA SANDERS

Studentessa sottomessa 2

Erika Sanders
Serie
Collezione di dominazione erotica

Sinossi

Studentessa sottomessa 2 è un romanzo con un forte contenuto di BDSM erotico e, a sua volta, un nuovo romanzo appartenente alla collezione di Dominazione Erotica, una serie di romanzi con un alto contenuto di BDSM romantico ed erotico.

(Tutti i personaggi hanno almeno 18 anni)

Nota sull'autrice:

Erika Sanders è una scrittrice di fama internazionale, tradotta in più di venti lingue, che firma i suoi scritti più erotici, lontani dalla sua prosa abituale, con il suo nome da nubile.

Indice

STUDENTESSA SOTTOMESSA 2
ERIKA SANDERS

11

CAPITOLO 1

"Il tuo primo incarico potrebbe essere basato su vari brani letterari, ma tieni presente che è fondamentale concentrarsi sui temi sottostanti, i motivi e l'attitudine culturale delle opere"

La voce del professor Geoffrey Johnson risuonò per tutta la stanza.

Con occhi verde scuro, capelli castani e un corpo snello alto circa un metro e ottanta, emanava fascino, autorità e sicurezza.

Ha esposto i venti studenti nel suo corso di esplorazione delle culture storiche.

Sembrava che tutti ascoltassero attentamente, ovviamente prendendolo molto sul serio come argomento del loro corso.

Ovviamente si aspettavano molto da lui.

Nonostante fosse il suo primo anno come insegnante, all'età di ventotto anni, era uno dei membri più giovani della facoltà, avendo rapidamente sviluppato la reputazione di essere un insegnante duro con un curriculum rigoroso.

In effetti, molti studenti erano stati allontanati o erano in lista d'attesa per seguire il corso questo semestre.

"Ad esempio, potresti optare per qualcosa di classico come The Odyssey o uscire dai limiti dell'armamentario liturgico e creare qualcosa di più ... attraente; ma dubito che uno di voi mi impressionerà la prima volta", ha continuato.

I suoi occhi caddero su una ragazza dai capelli neri in seconda fila, che lo stava guardando con occhi grigio chiaro ed eleganti occhiali cerchiati di nero.

Aveva un'espressione preoccupata sul viso con un leggero cipiglio e belle labbra rosa.

"Qualcosa non va, signorina ...", guardò la sua lista di "Sanchez?"

Lei rispose.

"Umm ... No. Jeannie, per favore. La maggior parte delle persone mi chiama Jeanny."

"Non sono la maggior parte delle persone, signorina Sanchez. Ma presto lo scoprirete. Ora, come stavo dicendo ..."

Ma Jeannie aveva smesso di ascoltare.

Era il suo primo anno da studente universitario e, a ventidue anni, era finalmente riuscito a viaggiare abbastanza lontano da casa e dalla famiglia per avere una parvenza di libertà e indipendenza.

Aveva atteso con impazienza esperienze universitarie e una vita eccitante per così tanto tempo che trovare professori arroganti e attraenti nella sua lista dei desideri fu una sorpresa.

Aspetta, sexy?

Scosse la testa, cercando di schiarirsi la mente.

Cosa intendevi con "Non sono la maggior parte delle persone"?

Aveva bisogno di parlargli di questo compito, ma i suoi modi durante le lezioni l'avevano solo intimidita e presa in giro allo stesso tempo.

Vagamente, sentì i rumori di giornali e persone che lasciavano la stanza.

Uscendo dalle sue fantasticherie, afferrò le sue cose e se ne andò.

Con la coda dell'occhio, Geof, come era noto per gli amici intimi e la famiglia, vide Jeannie andarsene.

Vestita con un maglione con colletto giallo, gonna nera e leggings, era un'immagine molto attraente.

Era sinuosa in tutti i punti giusti e il suo maglione lasciava intravedere seni grandi e rotondi che le sarebbe piaciuto toccare, accarezzare e succhiare.

Se solo...

Era una studentessa per aver gridato ad alta voce!

Gli passò accanto, un leggero colore sulle guance e lui si chiese ...

"Miss Sanchez," la sua voce uscì attraverso i confini della stanza vuota.

Si voltò, guardandolo in attesa.

"Sembrava che tu avessi qualche preoccupazione per quanto riguarda i compiti. Passa dal mio ufficio domani, per favore, per discutere."

Prima che lei potesse rispondere, lui uscì, sfiorandole leggermente la spalla.

Il tocco era elettrico.

La sentì sussultare sommessamente, si fermò per un millisecondo e, senza voltarsi indietro, continuò a camminare.

L'aveva appena mandata nel suo ufficio?

Jeannie non sapeva cosa pensarne.

Come sapevi che aveva un problema urgente con il lavoro assegnato?

Inoltre, aveva sentito l'elettricità scoppiettante?

Era un insegnante!

Non dovresti pensare così!

Ma perché non poteva fare a meno di guardare le sue ampie spalle che si ritiravano in lontananza?

CAPITOLO 2

Udì bussare alla porta, sommesso e incerto.

Va bene.

Era confusa.

Lo poteva sentire.

"Avanti," intonò.

Non sapeva come fosse sicuro che fosse lei quella alla porta, ma lo sapeva.

Scivolò dentro, chiudendosi silenziosamente la porta dietro di sé.

"Ciao professore," salutò nervosamente.

I suoi occhi la catturarono.

I suoi capelli erano leggermente divisi sulle spalle ed era vestita con stivali marrone chiaro, un vestito di maglia verde smeraldo e calze.

A sua indicazione, si sedette sulla sedia di fronte alla scrivania.

Si schiarì la gola.

"Allora, Jean. Come posso aiutarti?"

Lei ha iniziato.

"Aiutami? Mi hai chiesto di venire."

Jean? Era un uomo bipolare? Cosa è successo alla signora Sánchez e "Non sono come la maggior parte delle persone"?

"Sì, perché pensavo avessi domande sui compiti ..."

"Ebbene sì. Ma ... come fai a saperlo? ..."

Ha semplicemente alzato le sopracciglia.

"Non importa, immagino," continuò frettolosamente. "Ho problemi con la scadenza. Capisco che vuoi che finisca venerdì della prossima settimana, ma ho problemi personali urgenti che non mi permetteranno di presentare in tempo. Speravo che mi concedessi una proroga. In cambio, potrei scrivere un documento più a lungo o magari esplorare due lavori o qualcos'altro che giustifichi la lunghezza del tempo ".

Il suo petto si sollevò mentre giocherellava con il braccialetto al polso, un gesto nervoso, senza dubbio.

Osservava tutto in modo casuale, mantenendo sempre una faccia da poker.

Cosa stava pensando quest'uomo?

"È troppo da chiedere per la prima settimana del semestre, Jean."

Eccolo di nuovo, quella forte enfasi su una versione breve del suo nome.

Nessuno la chiamava Jean.

Jeanny, sì, ma aveva già rifiutato quel soprannome.

Trattenne il respiro. Aveva davvero, davvero bisogno di quell'estensione.

"Va bene, ti do l'estensione, ma a una condizione. Non voglio che tu basi il tuo saggio su qualcosa di classico. Concentrati su un argomento o argomento più diverso, meno convenzionale, più potente, forse anche ..." Si interruppe.

"Anche?" Chiese, con il fiato pesante.

C'era qualcosa nell'intensità della sua voce, la passione sottostante nei suoi occhi, l'entusiasmo vitreo nella sua postura che le fece piegare le dita.

Questo le fece pensare che stesse parlando di qualcosa di più di un lavoro.

"... con forza erotica", le sue parole fluttuavano nell'aria, i suoi occhi fissi nei suoi.

"Com'è?"

"Vuoi davvero che te lo mostri, Jean?"

In silenzio, annuì.

"Puoi tenerlo segreto, Jean? Posso mostrarti la differenza, il potere, il mistero, gli intrighi e, soprattutto, te stesso. Ma per questo, dovrai mantenere un segreto."

Lo fissò con gli occhi spalancati mentre girava intorno al tavolo, avvicinandosi a lei lentamente, con attenzione, predatore.

Si fermò dietro la sedia e si sporse finché la sua bocca fu a un centimetro dal suo orecchio.

La pelle d'oca apparve sul suo corpo mentre inalava la sua acqua di colonia incredibilmente deliziosa.

Annusò un misto di uomo e muschio e irradiò un calore selvaggio che la sorprese.

"Sai mantenere un segreto, signorina?"

Inspirò, mentre l'aria calda le solleticava il collo.

Si voltò e guardò nei suoi liquidi occhi verdi, e ancora una volta annuì in silenzio.

"Sei sicuro? Questa è l'ultima volta che glielo chiederò, Jean, e poi non si tornerà indietro. Questo NON sarà più un argomento di discussione," chiese, accarezzandole leggermente la gola.

Udì un basso gemito e sorrise.

"Fammi vedere, professor Johnson," sussurrò.

"Siamo amici adesso, giusto? Puoi chiamarmi Geof", ha detto.

"Fammi vedere, Geof," mormorò a voce più alta.

Era tutto l'invito di cui aveva bisogno.

Iniziò a massaggiarle leggermente le spalle, sentendo i nodi tesi nella sua schiena.

"Chiudi gli occhi, Jean. Senti il mio tocco. Sento le mie dita che ti accarezzano le spalle, il mio respiro contro la tua pelle, la mia voce nella tua mente," mormorò.

Le sue mani facevano scivolare lentamente il cinturino del vestito monospalla, le sue mani scivolavano sulla sua pelle liscia.

Seduta immobile, sentì il calore liquido svilupparsi tra le sue gambe.

Non sapeva come o perché fosse successo, ma Dio, non voleva che si fermasse.

Le sue mani continuarono a far scorrere il suo braccio fino al gomito e poi di nuovo su.

Lentamente, fece scivolare una mano dalla sua clavicola al suo seno, si spostò sotto il suo vestito e le sfiorò la parte superiore del seno destro.

Lei sussultò in attesa, i suoi capezzoli già tesi, prestando attenzione.

L'uomo l'aveva appena toccata ed era già un disastro tremante.

Pollice dopo centimetro, seducente, agonizzante, la sua mano si mosse più in basso e sotto il tessuto del reggiseno.

La sua altra mano ha continuato a massaggiarla coprendo ancora l'altra spalla.

"Senti questo, Jean," sussurrò di nuovo, questa volta più vicino al suo orecchio, mandandole una scarica elettrica lungo la schiena.

Sentì le sue dita circondarle il seno destro e lo sentì avvicinarsi al capezzolo.

Ma lui la accarezzò solo, circondandole delicatamente il capezzolo, senza toccarlo.

La stava facendo impazzire.

"Oh per favore!" gemette.

"Silenzio ... signorina. Pazienza."

Ha continuato il suo gioco gentile, aumentando la sua frenesia.

All'improvviso, le baciò il collo e le strinse forte il capezzolo allo stesso tempo.

Lei quasi sussultò per l'orgasmo al tocco, gemendo e gemendo mentre lui stringeva e pizzicava il piccolo bozzolo stretto.

"Oh, sei così bella Jean. Così bella, desiderosa ed esposta in questo modo."

Sempre in piedi dietro di lei, voltò la testa e la sua bocca si chiuse su quella di lei.

La sua bocca sapeva di vaniglia e spezie e il suo profumo unico gli fece perdere il controllo.

Le sue labbra morbide si addolcirono e la sua lingua le invase la bocca con una ferocia che non aveva mai conosciuto prima.

Aveva bisogno di averla, a modo suo, e presto.

La vista del suo petto rotondo rannicchiato nella sua mano, eppure coperto dai vestiti, le sue risposte troppo disponibili e i suoi sussulti innocentemente vulnerabili lo facevano impazzire.

Senza fermare il bacio, la costrinse ad alzarsi in piedi e la strinse contro se stesso, prendendole la bocca con una passione cieca che non si era aspettato.

Reagì in tandem, passandosi le mani tra i capelli, avvicinandosi, respirando in modo irregolare e deliziata mentre le sue mani le correvano lungo la schiena e il sedere.

Le sue mani le corsero sulle cosce coperte, giù fino alle ginocchia e lentamente risalirono.

Continuò su per la sua gamba, fermandosi solo leggermente mentre toccava la pelle nuda delle calze.

Continuò a salire, baciandola ancora, con le spalle al tavolo e il suo corpo contro di lui.

Le spostò le mutandine su, su per il piatto dello stomaco, e prese la cerniera anteriore del suo reggiseno di pizzo rosso.

Abilmente, lo sbottonò, lasciando che i suoi seni si liberassero.

"Senza spalline, Miss Sanchez? Approvo," disse in segno di apprezzamento mentre si tirava fuori il reggiseno da sotto il vestito. "Penso che terrò questo con me."

Portò la sua bocca alla sua mentre lei ansimava, gemendo e gemendo mentre le sue mani vagavano sui suoi seni, impastandoli e accarezzandoli con continui pizzichi esasperanti contro i suoi capezzoli.

Le sue mani vagavano per la sua schiena e i suoi fianchi erano appoggiati alla sua crescente erezione.

Amava quest'uomo e non le importava del suo desiderio privato di aspettare ancora un po 'per il suo ragazzo.

Quello che non sapeva non gli avrebbe fatto male.

Lo sentì far scivolare le mani più in basso e sentì le sue mani muoversi nei morbidi riccioli nascosti nelle sue mutandine.

Le sue mani continuavano a muoversi, nonostante il modo in cui lei era tesa, quello che sapeva che doveva aver sentito.

Con attenzione, sensualità e adorazione mentre andava, aprì le labbra e fece scivolare un dito lungo la sua figa bagnata.

Quasi ebbe le convulsioni al suo tocco.

Ha mantenuto un movimento ritmico, muovendo il dito su e giù e poi si è concentrato sul suo clitoride.

Strofinò il piccolo bocciolo con movimenti circolari, imitando il movimento con la lingua mentre la baciava.

Gemette, ma lui non si fermò.

Inesorabilmente, si concentrò sul suo clitoride e lei si premette contro di lui.

"Oh per favore, oh per favore. Geof, oh Dio, Geof," urlò.

"Esatto, dallo a me, Jean, dai a me stesso. Dimostra che sei pronto."

"Oh Geof per favore oh oh oh ..." Continuava a massaggiarla, e proprio quando poteva sentire il suo rilascio, le fece scivolare un lungo dito dentro, scopandola lentamente mentre lei gli girava intorno. "Oh, ah, Dio, Geof, oh, sta succedendo qualcosa ..." e lei esplose sulle sue dita.

Sentì la sua fica stretta stringersi sulle dita, sentì il suo clitoride indurirsi ancora di più e si crogiolò nei tremanti movimenti orgasmici del suo corpo.

"Va bene, Jean. Prendilo per me. Guarda cosa posso farti fare," ringhiò, basso, nel suo orecchio.

Ancora vacillando per le scosse di assestamento del suo primo orgasmo, era luccicante di sudore e borbottò timidamente:

"Non l'ho mai fatto prima di Geof, era ..." si interruppe, con un'espressione di pura felicità, sorpresa e pace sul viso.

"Cosa? Sei vergine?" Chiese furiosamente, mentre le faceva scivolare le dita, le lisciava il vestito e la fissava. "Sai in cosa ti stai cacciando, Jean? Oh Dio, a pensare a quello che avevo programmato per te, senza che tu l'avessi fatto prima!"

"Cosa? Cosa c'è che non va? Posso fare questo Geof, voglio che mi mostri di più. Questa è stata la cosa migliore che mi sia mai capitata." Si avvicinò. "Mostrami la differenza, Geof. Mostrami l'intrigo, il mistero ... me stesso."

Sorrise nel sentire le sue stesse parole uscire dalla sua bocca.

"Okay. Incontriamoci a casa mia stasera alle otto. Non fare tardi. Non cambiare, comportati bene, e stasera valuterò di ridarti il reggiseno."

"Aspetta cosa? Abbiamo già finito? Non lo farai ... sai?" mormorò timidamente.

"Andare cosa, signorina Sanchez? Vaffanculo? Tutto a tempo debito, ragazza. Ci vediamo stasera."

Le fece l'occhiolino, le diede un ultimo bacio e si spostò dietro la sua scrivania.

Ancora sbalordita, raccolse le sue cose e si diresse verso la porta.

"A proposito, signorina Sanchez," gridò, "dovrà comunque inviarmi quel foglio all'interno della sua estensione."

CAPITOLO 3

Guardò attraverso le persiane delle finestre quando vide l'auto fermarsi nel vialetto.

La sua verginità complicava le cose, ma non di molto.

Dopotutto, l'aveva chiesto.

Inoltre, non poteva immaginare di averla in nessun altro modo.

Aveva bisogno che lei la sottomettesse.

Era decisamente il suo tipo.

La sua attesa crebbe quando la vide camminare verso la porta.

20:00 in punto.

Ebbene, gli piacevano le donne puntuali, e soprattutto gli piaceva un Jean puntuale.

Si avvicinò e aprì la porta.

"Ciao Jean. È molto tempo che non ci vediamo," sorrise, mentre lei varcava la soglia.

Poteva vedere i suoi capezzoli eretti e il profilo dei suoi seni senza reggiseno contro l'abito di maglione smeraldo del pomeriggio.

La guardò senza vergogna, con apprezzamento.

Si dimenò sotto il suo sguardo franco.

"Ho indossato questo vestito perché mi ha ricordato i tuoi occhi, sai," disse piano, un timido sorriso sul suo viso.

Soffocò il suo stupore, sorpreso dalla pura onestà della sua confessione.

"Oh Jean"

Le tirò la mano, la strinse a sé, toccando leggermente le sue labbra con le sue.

"Ti ho voluto da quando ti ho visto in quella classe. Vieni."

Chiudendo la porta, la fece entrare.

La casa era bellissima, ma era troppo distratta per notare quei dettagli.

I ricordi del pomeriggio l'avevano tenuta nervosa tutto il giorno ed era avidamente ansiosa di saperne di più.

La baciò con fervore allora, anche più appassionatamente di prima, se possibile.

"Voglio mostrarti di più, Jean. Più di quello che è successo questo pomeriggio. Anche se è la tua prima volta, ti dimostrerò che sono il tuo padrone. Che tu vieni è solo in mio potere."

La sua voce era ipnotica.

Era stata presa dal suo incantesimo.

Le sue parole avevano un sottofondo pericoloso per se stesse, ma lei lo ignorò.

La commuoveva e aveva la sensazione che lui intendesse qualcosa di più del sesso lussurioso.

"Sarai mia. Ancora e ancora. Indifesa, volenterosa o legata, mi lascerai fare quello che voglio con te, ogni volta che voglio, come voglio e dove voglio. Capisci, ragazza?" Ringhiò contro le sue labbra, tirandola leggermente. la testa all'indietro con i capelli.

"Sì, signore. Sì!"

Signore?

Da dove viene?

Le sue parole avrebbero dovuto spaventarla, ma la sua voce la eccitava ancora di più.

Voleva essere sua, come lui voleva lei, voleva donarsi a lui.

Come lei era nel suo ufficio.

Non se ne vergognava, si fidava di lui.

"Bene. Da questa parte."

La condusse in una stanza con un grande letto e una sedia a dondolo nell'angolo.

Afferrò un telecomando, iniziò una melodia strumentale afosa che lei non riconobbe e abbassò le luci.

Si sistemò sulla sedia a dondolo e le fece cenno di andare avanti.

"Stai di fronte alla mia bambina. Spogliati."

Lo fissò sorpresa.

Lui ricambiò lo sguardo.

Le sue labbra si indurirono.

"Ho detto, andiamo. Adesso. Lentamente."

Adesso sembrava diverso.

I suoi occhi si erano induriti, ma lei poteva ancora sentire la passione ardente sottostante.

Lentamente, si tolse gli stivali e li prese a calci.

Si voltò, si chinò in avanti e gradualmente fece scivolare una calza e poi l'altra lungo le cosce.

Sentì il suo sguardo caldo su di lei e si divertì nella sensazione.

A parte che quest'uomo la stava guardando, sembrava tutto molto naturale.

Quando si voltò, vide che i suoi occhi stavano provando piacere nel modo in cui i suoi fianchi ondeggiavano sensualmente di propria iniziativa.

L'aveva trasformata in una creatura sessuale e lei assaporò il suo sguardo.

Lentamente iniziò a togliersi il vestito, offrendogli solo le mutandine perché lui guardasse.

Adesso aveva tra le mani il reggiseno del pomeriggio.

Si alzò e le si avvicinò, la tirò più vicino e la baciò di nuovo, tenendole leggermente il collo, senza toccarla da nessun'altra parte.

Prese una benda nell'altra mano, fissando i suoi fiduciosi occhi grigi, e se la legò al viso.

Gemette sorpresa, ma per il resto non fece altra mossa.

Si mosse dietro di lei e le ammanettò abilmente i polsi con polsini di cuoio.

Alzò le braccia sopra la testa e lo attaccò a un braccialetto attaccato al soffitto.

L'ha legata con i seni spinti in fuori, pronti per essere presi.

Le girò intorno lentamente, notando la velocità del suo respiro.

"Signore?" Lei chiese.

Non rispose, ma prese una piuma e iniziò lentamente a farla scorrere su e giù per il torace.

Rabbrividì.

La sfiorò contro i suoi teneri capezzoli eretti, resistendo all'impulso di scoparla adesso.

Lei si dondolava da un lato all'altro e lui guardò l'umidità scivolare lungo le sue gambe, le sue mutandine chiaramente bagnate.

"Oh, devi essere un gran mangiatore di cazzi, vero Jean?" mormorò mentre continuava il suo esasperante giocherellare con la penna. "Posso vedere come vuoi il mio. Posso dire che riesci a malapena a trattenerti per mangiarlo."

Si avvicinò e all'improvviso le schiaffeggiò forte il culo con la mano.

Lei gridò, chiaramente sorpresa e lui si godette la vista della sua natica rosa sotto le mutandine.

"Ti è piaciuto quel Jean? Vedo che il tuo corpo sì. Guarda quanto sei fradicio."

La abbracciò da dietro, lasciando che il suo culo dolorante sentisse la sua dura erezione, attraverso la ruvidità dei suoi jeans, la sua pelle ora ancora più sensibile.

Le sue braccia la circondarono e le pizzicò i capezzoli, suscitando in lei gemiti implacabili di piacere.

"È fantastico, mio piccolo mangiatore di cazzi. Penso già che tu sappia che posso farti venire solo toccandoti i capezzoli. Ma hai già avuto il tuo sperma oggi", ha detto, mentre continuava a impastare, spremere e tirare. i suoi capezzoli duri.

"Mmmmm, oh Geof, oh mmm"

"Non hai nemmeno parole, vero, mia piccola puttana? Va bene. Sei la mia piccola puttana adesso. Posso fare quello che voglio", disse, schiaffeggiandole forte l'altra natica.

"Aargh!"

"Farai quello che vuoi, come vuoi, e quando vuoi, capisci, puttanella?"

Wham! Un'altra sculacciata.

"Vieni quando te lo dico e non prima, capisci?"

Wham! Un'altra sculacciata dura.

"Aargh! Sì, signore! Sì! Sono la tua puttanella, signore. Farò quello che dici."

"Bene," mormorò e le camminò davanti.

Prese lentamente un capezzolo in bocca, succhiando e mordendo, e spostando la lingua sulla punta sensibile mentre toccava e accarezzava l'altro.

Poteva sentirla offrirsi avidamente a lui, spingendo i suoi seni verso il suo viso.

Mantenne il ritmo, prestando attenzione a un petto, poi all'altro, e poi all'improvviso cadde in ginocchio.

Prima che lei sapesse cosa stava succedendo, le aveva strappato le mutandine e la sua lingua era su di lei, succhiandole e leccandole il clitoride, avvolgendola in sentimenti di estasi così squisiti che lei non sapeva quanto a lungo avrebbe potuto reggere.

La strinse forte, massaggiandole il culo mentre la mangiava, succhiando e giocando con il suo clitoride, strofinando il bozzolo da un lato all'altro con gocce occasionali sulla sua figa bagnata.

Sentì la tensione della spirale salire dentro di lei, più forte che nel pomeriggio e tesa, e proprio mentre stava per esplodere, si fermò.

"Oh Dio no! Per favore, Geof, signore, per favore fammi venire!"

"Cosa ti avevo detto prima di te, piccola puttana? Verrai solo quando te lo dirò. Stavi per venire senza prima chiederti se potevi, giusto?" Disse minaccioso.

Prima che potesse rispondere, le liberò le manette dal soffitto, la trascinò sul letto, la girò su un fianco e l'appoggiò dall'altra parte.

Ora la legò al letto, con le gambe aperte verso il pavimento e anche le caviglie incollate ai bordi del letto.

Sentì le sue mani sulla schiena mentre le faceva strada su per il culo.

Tremava di anticipazione.

UN'ALTRA SCULACCIARE!

"Ti avevo detto di non venire prima di te, stronza. Assicurati di ricordartelo."

"Il tuo."

WHAM! SCULACCIARE!

"Sei."

WHAM! SCULACCIARE!

"Me."

WHAM! SCULACCIARE!

"Poco."

WHAM! SCULACCIARE!

"Cagna."

WHAM! UN'ALTRA SCULACCIARE!

"Hai capito, Jean? Chi sei?"

WHAM! SCULACCIARE.

"Sono tuo signore!" Urlò mentre si contorceva, stranamente eccitata dal suo assalto. "Sono la tua sporca puttana e puttana; per favore fottimi signore per favore!"

Sorrise in risposta.

"Brava puttana."

Si è rapidamente spogliato e ha trovato le morbide pieghe della sua figa con le dita.

Inserì delicatamente un dito, poi due, stirandola, riempiendola, preparandola a ciò che doveva venire.

Le impastò le natiche mentre lo faceva, facendo corrispondere il suo ritmo dentro di lei con quello di lei.

Ha tirato fuori le dita e ha strofinato il dito medio contro il suo clitoride mentre ha messo il suo grosso cazzo duro all'ingresso della sua figa tremante.

"Ti porto adesso, puttana, e anche se è la tua prima volta, lo farò ora."

Poteva solo gemere e rabbrividire in risposta, il suo corpo era già teso per la tensione e voleva godersi di più i suoi orgasmi e le sue sculacciate edonistiche.

Senza preavviso, si lanciò improvvisamente su di lei, sfondando le sue barriere interiori.

Lei urlò forte, forse per il dolore, ma lui iniziò a muoversi, duro, veloce e implacabile, e lei lo raggiunse.

L'ha presa ancora più forte, colpendola, le sue palle che le hanno colpito il culo e le cosce mentre si seppelliva fino alla base del suo cazzo dentro di lei.

"Esatto, puttana. È il mio cazzo dentro di te, che ti prende, ti riempie, ti segna. Sei mia."

La spingeva sempre più forte con ogni frase, afferrandole i fianchi con passione così feroce che le sue mani lasciarono impronte sulla sua pelle mentre si muoveva.

"Oh Dio, sì signore, oh sì, sì, sì signore, fammi tuo!" gemette tra i denti.

Poteva sentirla tesa, poteva sentirla pronta a liberarsi, e così ha fatto.

"Vieni ora puttana, vieni ora!" Ringhiò, quando raggiunse l'orgasmo con una forza che lei non aveva mai sperimentato e scaricò tutto su di lei.

"Esatto puttana, vieni ora!" sibilò, proprio mentre lei si stringeva intorno a lui e lo circondava, urlando il suo nome sui fogli, soffocato e mescolato alla musica persistente ...

FINE

33

AUMENTO DI PAGA
ERIKA SANDERS

35

Anita bussò alla porta come se non volesse romperla.

Non aveva senso, dato che era l'unica persona rimasta nel negozio di ciambelle.

Lei e la persona dall'altra parte della porta, cioè.

"Vai avanti" risuonò la voce di quella persona.

Anita aprì la porta ed entrò, chiudendola dietro di lei.

Il clic della serratura quando la premette con la maniglia sembrava assordante nell'ufficio silenzioso.

Eric Galvez alzò gli occhi dalle scartoffie sulla sua scrivania.

Guardò Anita, una graziosa impiegata messicana bruna che indossava l'uniforme scolastica del negozio, una camicia bianca abbottonata e una gonna scozzese corta, che reggeva un sacco di ciambelle.

Aveva un corpo impeccabile e folti capelli castani a strati che le ricadevano sotto le spalle.

"Ciao Anita" disse Eric.

Il direttore del negozio, sposato con due figli e quarantenne, posò la penna e sorrise.

"Ciao. Scusa se ho interrotto qualcosa", disse imbarazzata.

"Certo che no" lo rassicurò Eric. "Siediti".

Il piccolo ufficio del direttore era composto da un divano, due sedie, una scrivania e schedari.

Eric vide Anita che camminava verso di lui, con la gonna che le oscillava da una parte all'altra.

Si sedette sulla sedia di fronte alla scrivania di Eric, incrociò le lunghe gambe e lasciò che la gonna le raggiungesse le cosce.

Posò la borsa sul pavimento accanto a lei.

"Che succede?", Chiese il direttore.

Anita esitò, fece un respiro profondo e lentamente fece scorrere le dita di una mano sulla parte superiore della gamba, dal fondo della gonna al ginocchio.

"Sto pensando di trasferirmi dalla stanza in affitto a un appartamento", ha detto.

Era una studentessa del terzo anno presso un'università locale, svolgendo diversi lavori in luoghi le cui ore non interferivano con le sue lezioni.

"Fantastico", disse Eric con entusiasmo, poi si fermò. "E hai bisogno di più soldi? Un aumento?"

Anita lo guardò imbarazzata, prima che apparisse un'espressione più seria sul suo viso.

"Non posso credere a quanto chiedono di affittare. E l'acconto è ... "cominciò a dire.

"Lo so", interruppe Eric.

La guardò per un momento.

Aveva lavorato per lui per quasi un anno, chiedendo un aumento un'altra volta.

In quel caso, aveva usato il suo corpo per "influenzare" la sua decisione.

In realtà, da allora aveva desiderato un'altra sua richiesta.

Eric guardò la borsa di ciambelle accanto a lui.

"Porterai alcune ciambelle a casa?" Chiese.

Gli occhi di Anita caddero sulla borsa e tornarono al suo capo.

"No. È per te ... per noi", rispose.

Eric non aveva più bisogno di ulteriori spiegazioni.

L'ultima volta aveva anche portato una borsa.

E questa volta sapeva cosa fare.

Si alzò e fece il giro della scrivania, spostandosi dietro la sedia di Anita.

Guardò il suo corpo atletico finché non scomparve dietro di lei.

Un brivido le percorse la schiena in anticipo.

"Allora, mi hai portato una ciambella," disse Eric dolcemente. "E ti piacerebbe condividere."

Anita annuì silenziosamente.

Eric guardò la giovane donna, la camicia sbottonata in alto e le gambe abbronzate che si allungavano da sotto la gonna svasata.

Le sue mani afferrarono nervosamente le estremità delle braccia sulla sedia.

Eric mise una mano sui capelli della ragazza e le passò le dita sul collo.

Sentì la pelle calda sotto il colletto della camicia, quindi spostò la mano sul davanti del collo prima di avvicinarsi al bottone in alto.

Con un movimento agile, sbottonò il pulsante; seguito dal prossimo.

La parte superiore del suo seno apparve in vista, racchiusa in un sottile reggiseno blu.

Le sue dita scivolarono sulla pelle liscia del suo seno sinistro, poi di nuovo al pulsante successivo.

Usando entrambe le mani, avvolgendolo attorno al collo, aprì ogni bottone fino a raggiungere la cima della gonna.

Eric si tolse la maglietta dalla gonna e aprì l'ultimo bottone.

La maglia di Anita si spalancò abbastanza da consentire a Eric di vedere la maggior parte di ogni seno dall'alto.

Li vide alzarsi e cadere mentre respirava affannosamente.

Un gancio centrale tra i seni le teneva insieme il reggiseno.

Non è stato un caso, pensò Eric.

Allungò la mano e si sbottonò il reggiseno, lasciando che le due metà riposassero liberamente sulle estremità del suo seno.

Anita continuò a sedersi immobile, guardando le mani di Eric o di fronte.

Sapeva che le cose stavano per cambiare rapidamente.

Eric le mise le mani sulla parte superiore del seno e le lasciò cadere finché le sue dita non le rimossero il reggiseno.

Si prese tra le mani i seni marroni nudi, tenendoli delicatamente per un momento.

Alla fine, mise i capezzoli di Anita tra i pollici e gli indici e li pizzicò delicatamente.

La giovane donna sospirò rumorosamente.

Eric sentì il suo cazzo indurirsi entro i confini dei suoi pantaloni mentre manipolava i suoi capezzoli.

Si indurirono sotto il suo tocco e Anita sentì un punto eccitato attraversare il suo stomaco fino alla sua figa.

Eric le avvolse le mani attorno al seno, ma riuscì a malapena a riempirle nella sua presa.

Li raccolse e li guardò sistemarsi nei suoi palmi.

Fece il giro della sedia e si fermò tra la scrivania e Anita, guardandola brevemente.

"Alzati e togliti la maglietta", disse con voce calma.

Anita incrociò le gambe e si fermò a pochi centimetri dal suo capo.

Sollevò la camicia sulle spalle e la lasciò cadere sulla sedia.

Senza fermarsi, fece lo stesso con il reggiseno.

Eric mise le mani all'esterno delle cosce di Anita e alzò le mani finché non scomparvero sotto la sua minigonna.

Anita si sentì alzare le mani sopra le mutandine e sul fondo.

Quindi Eric le mise le mani in vita e afferrò la striscia delle sue mutandine.

Lentamente li abbassò, inginocchiandosi mentre passavano sopra le sue ginocchia e sui suoi piedi.

Posò le mutandine nere sulla sedia e le tolse le scarpe.

Dopo essersi alzata, si guardò la gonna e disse: "Toglila".

Anita si sbottonò la gonna e la lasciò cadere sul pavimento, uscendo e dandole un calcio da parte.

Eric ammirava la sua vita piccola, i fianchi pieni e le cosce,
gambe lunghe e piedi piccoli.

I suoi occhi tornarono alla sua figa e alla piccola e sottile ciocca di capelli scuri sul clitoride.

Anita si sentì straordinariamente sexy in quel momento, l'umidità tra le sue gambe aumentava di pochi secondi.

Voleva l'uomo davanti a sé nudo e sapeva che era inevitabile.

"Togliti i vestiti", le disse.

Doveva rallentare deliberatamente i suoi movimenti per non rivelare il suo desiderio.

Tuttavia, Anita presto si mise la camicia di Eric sulla testa, rivelando una parte superiore del corpo ben costruita, se non troppo muscolosa.

Abbassò lo sguardo e si slacciò la cintura, gli occhi di Eric si alternavano tra il seno e le mani.

Si sbottonò i pantaloni e li tirò giù finché non caddero soli sui polpacci.

Anita si inginocchiò e si tolse le scarpe e le calze prima di togliersi i pantaloni e gettarli da parte.

Attese con ansia il crescente rigonfiamento dei suoi pugili, poi afferrò la cintura e li tirò giù.

L'enorme cazzo di Eric era solo semi-eretto, ma Anita sentì un'ondata di emozione fluire su di lei mentre si toglieva i pugili.

Si alzò e affrontò il suo capo.

Con sollievo di Anita, fece la prima mossa tenendola stretta e tirandola verso di sé.

La baciò appassionatamente, premendo il suo cazzo contro il suo corpo e muovendo le mani sul suo fondo.

Eric si premette le guance morbide quando le loro lingue incontrarono le sue labbra.

Anita lo sentì premere la sua figa contro il suo corpo, non sicuro di essere più determinata a soddisfare se stessa o Eric.

Il suo bacio continuò mentre lei avvolgeva una mano attorno al suo cazzo, sentendolo pulsare.

Il gallo cominciò a puntare verso l'alto e la ragazza pompò ripetutamente la sua mano su e giù per il membro.

Quando il bacio finì, Eric guardò Anita e disse: "Mia moglie non me lo fa. Sei bravo."

"Grazie, sono contento che ti piaccia" sorrise.

"Ho fame" disse Eric.

"Anche io".

Si trasferirono sul divano.

Eric prese la borsa di ciambelle lungo la strada.

Trovò il tempo di guardare il piccolo sedere rotondo di Anita rimbalzare con i suoi passi prima di sdraiarsi sul divano, la testa su un piccolo cuscino ad un'estremità.

Eric allungò la mano nella borsa e tirò fuori una ciambella e un coltellino di plastica.

"Ah, ripieni di crema alla vaniglia. I miei preferiti ", ha detto. "Ti piacerebbe condividere?"

"Mi piacerebbe," rispose Anita.

Eric si inginocchiò e posò la ciambella ricoperta di cioccolato sulla pancia piatta della ragazza, tagliandola accuratamente a metà con il coltello.

Un brivido attraversò il corpo di Anita mentre il coltello le toccava appena la pelle.

Eric lo guardò contrarsi mentre la lama del coltello riappariva dall'interno della spessa ciambella, quindi posò il coltello e metà della ciambella sopra la borsa sul pavimento.

Sollevò la ciambella dal suo ventre e girò il centro pieno di crema verso di lei.

Metodicamente, lo abbassò fino a quando il capezzolo sul seno destro era direttamente sotto la crema.

Con un tratto lungo e liscio, si portò uno strato di crema alla vaniglia sull'estremità del seno.

Anita chiuse gli occhi mentre il materiale da otturazione freddo copriva il suo capezzolo e la pelle circostante, mandando increspature attraverso il suo corpo allo stomaco e alla figa.

Eric spostò leggermente la ciambella su un lato e ripeté il processo, aggiungendo un secondo nastro di crema adiacente al primo.

Alla fine, girò la ciambella e si strofinò il rivestimento di cioccolato sulla punta del suo capezzolo rigido.

Eric mise la ciambella nella borsa e guardò Anita.

Stava osservando attentamente, anticipando la sua prossima mossa e pregandolo silenziosamente di divorarla.

Eric scosse la testa sul petto e si passò la lingua sul capezzolo, assaporando il dolce cioccolato.

Anita quasi gemette ad alta voce, ma si afferrò e guardò la lingua del suo capo allungarsi per includere un pollice sopra e sotto il capezzolo.

Deglutì una volta prima di tornare al seno, questa volta spalancando la bocca e posizionando il più possibile il seno rotondo e pieno della ragazza.

La sua lingua raschiò il capezzolo più volte prima che le sue labbra si chiudessero attorno alla carne rosa e succhiasse.

Questa volta, Anita non poteva contenere se stessa.

"Oh, Dio", sussurrò.

Eric alzò la testa e si leccò la crema dalle labbra.

Quando la sua bocca si posò di nuovo sul petto di Anita, la sua mano si sollevò sul suo seno e le leccò avidamente il resto della crema alla vaniglia dalla pelle.

Tornava sempre al capezzolo.

Anita inarcò la schiena, spingendo il petto più in alto.

Sentì l'umidità tra le gambe aumentare con ogni passo della sua lingua sul suo capezzolo ed era sicura che avrebbe potuto farla venire se l'avesse tenuta così.

Prese di nuovo la ciambella, questa volta stendendo il ripieno bianco e il cioccolato sul petto sinistro in quantità maggiore.

La crema copriva quasi i due terzi del petto, lasciando Eric con una mezza ciambella quasi vuota in mano.

Dopo aver rimesso la ciambella nella borsa, si chinò sul corpo di Anita ed espose meticolosamente il seno una leccata alla volta.

La ragazza mosse la mano in cima alla testa di Eric e la premette più forte contro il suo petto.

Nel frattempo, la sua mano si spostò dal suo fianco a tra le sue gambe, accarezzando momentaneamente il clitoride sepolto sotto un ciuffo di capelli castano scuro accuratamente tagliati.

"Oh Gesù," disse piano. "È così piacevole."

Con solo una piccola quantità di crema alla vaniglia sul petto, Eric si arrampicò sul divano, posizionando le gambe tra le sue.

Ora il suo cazzo era completamente eretto, rivolto verso l'alto con un angolo acuto.

Si sporse in avanti e mise il suo cazzo sul petto coperto di crema, spostandolo da un lato all'altro fino a quando non ebbe un piccolo strato di riempimento bianco.

Anita usò la mano per dirigere il gallo verso le aree con più crema.

Presto fu bianco dalla testa rosa alla base.

Anita guardò mentre Eric scivolava in avanti e le portava il cazzo sulle labbra.

Ansiosamente, aprì la bocca e accettò il dono.

Il gusto zuccherino della crema le fece quasi dimenticare l'amore che provava per il gusto di un cazzo caldo e duro.

La sua lingua lavorava su tutti i lati del membro mentre Eric lo faceva scivolare dentro e fuori dalla sua bocca, facendolo gemere di piacere.

"Ummmm, Anita. Succhiami Leccami in questo modo ", ha detto Eric. "Sì, sì. Così."

La ragazza impiegò alcuni minuti a togliersi l'ultima crema dal suo cazzo; succhiare, leccare e deglutire il più velocemente possibile.

Quando finì, Eric era più duro di quanto non fosse prima ed era vicino al climax.

"Scopami Eric," esclamò ad alta voce Anita. "Ti voglio su di me. Per favore."

Quando il suo capo scese dal divano, Anita allargò le gambe e sollevò le ginocchia.

Quando aveva il suo cazzo all'ingresso della sua figa, la sua mano era in una posizione pronta per guidarlo da lei.

Persino lei era sorpresa di quanto fosse preparata per lui.

Non appena la testa del pene gonfio ha trovato l'apertura, Eric è stato in grado di abbassarsi fino a quando le sue cosce si sono incontrate in una carezza delicata.

"Dio sì. Fottimi "disse Anita.

Eric si è affrettato a soddisfare le loro richieste.

La sollevò nel culo e iniziò a scivolare dentro e fuori il suo cazzo, sentendola periodicamente contrarre la sua vagina.

Anita sollevò le gambe e le avvolse delicatamente intorno alla vita di Eric, permettendogli di sollevarla ulteriormente.

Il seno di Anita ondeggiava ritmicamente.

Di tanto in tanto si pizzicava i capezzoli, mandando quelle che sembravano correnti elettriche direttamente nella sua figa.

Nel frattempo, Eric si riposizionò in modo che una mano libera potesse massaggiare il clitoride.

Trovò facilmente il rigonfiamento gonfio e lo strofinò.

La testa della ragazza cominciò a oscillare da un lato all'altro e mormorando, "Accidenti. Merda. Sì là. Là!"

Eric si strofinò più forte e sentì il proprio corpo teso.

Le sue gambe lo strinsero forte e lei urlò: "Ahhhh. Oh Dio. Adesso."

Il suo orgasmo iniziò con un altro gemito soffocato e i suoi fianchi si sollevarono per trovare le sue spinte verso il basso.

Per almeno trenta secondi, Eric la penetrò ancora e ancora, mentre gemeva e urlava che lui la scopasse.

Eric voleva che la sensazione della sua figa stretta intorno al suo cazzo e il suo corpo che si contorceva sotto di lui durasse per sempre.

Si aggrappò al suo fondo mentre lei lentamente iniziava a sistemarsi sul divano.

Ora in grado di concentrarsi sul proprio corpo, Eric sentì la prima ondata di sperma sollevarsi dalle sue palle.

Anita sentì l'orgasmo avvicinarsi a lui e lo esortò a continuare.

"Esatto. Dai. Entra nella mia figa."

Il cazzo di Eric è esploso in un fiume di sperma che Anita ha sentito riempire le sue viscere.

Il fluido caldo schizzò fuori in diversi getti, ciascuno accompagnato da un forte gemito.

Eric afferrò Anita per le spalle inferiori e premette il suo corpo contro il suo.

Quando stava per finire e rimase ferma con il suo cazzo dentro di sé, Anita strinse forte la figa.

"Ahhh, dannazione. Smettila "mormorò Eric, quasi senza fiato e mezzo ridendo.

Si scosse per l'ultima volta e cadde da lei, inerte e completamente svuotato.

Giaceva tra le sue braccia, la testa sul suo petto e le gambe ancora avvolte intorno alla sua vita.

"Tutto quello che devi fare è chiederlo quando vuoi," disse Eric dolcemente, il suo dito tracciava il contorno del suo capezzolo.

"Avevo fame oggi", ha detto.

FINE

SITUAZIONE INATTESA
ERIKA SANDERS

47

Capitolo I

"Ti aspetterò nella stanza, indosserò qualcosa di rivelatore", aveva detto John.

Lo trattavano come cibo da asporto, pensò Gina al termine della chiamata.

Ed è così che si sentiva ora, mentre applicava il suo trucco allo specchio del comò: occhi ombrati, labbra rosse a forma di cuore e abbastanza trucco sul viso per non farla sembrare una figura da museo delle cere.

Qualcos'altro che vuoi nel tuo ordine, tesoro?

Soddisfatta del suo lavoro, attraversò a piedi nudi il tappeto della camera da letto, indossò solo reggiseno e mutandine e aprì l'armadio.

Da uno scaffale sopra dove erano i suoi vestiti, prese una piccola scatola di soldi e la portò sul suo letto.

Quando l'aprì, molte dieci e venti banconote caddero sui fogli di seta.

Gina ne contò quattro su venti e tenne gli altri dentro la scatola.

Rimise la scatola nell'armadio, infilò i soldi nella borsa e iniziò a vestirsi.

John viveva dall'altra parte della città in una lussuosa casa a cinque camere da letto vicino al canale.

Gli ci sarebbero voluti dieci minuti per guidare lì, a seconda del traffico pomeridiano.

Era un suo cliente relativamente nuovo che aveva servito sei volte finora.

Lo odiava.

Era arrogante, maleducato e completamente pervertito.

Era di origini italiane: color pelle olivastra, naso ampio e pieno di folti capelli neri su tutto il corpo.

John amava mangiare e Gina pensava di sembrare un mix tra un gangster degli anni '40 e un maiale dal ventre piatto.

Si era vantato dei suoi legami con gli inferi criminali, ma Gina non era sicura di quanto fosse vero.

Pensava che stesse solo cercando di impressionarla.

Non riusciva a capire perché gli uomini pensassero che questo fosse attraente per le ragazze.

Gina odiava la violenza e ha spento un film al primo segno di sangue o violenza.

Ma John era decisamente in una specie di affare inaffidabile.

Aveva visto le armi a casa sua.

Aveva sentito accese telefonate durante la loro relazione sessuale che John si rifiutava di ignorare.

Parlando di soldi e droghe.

Ha trovato uomini odiosi come John: avidi, egoisti, disonesti e corrotti.

Tuttavia, aveva bisogno di troppo denaro.

La vita di Gina era piena di debiti.

Un corso universitario di studi umanistici, la mini Fiat, che ogni giorno portava al suo lavoro di segretaria, comprando vestiti, vacanze a Ibiza e un prestito che aveva preso per arredare il suo appartamento.

Stava nuotando in debito, ma le società di prestito non le avevano mai negato.

Ed era per questo che aveva lavorato come escort privata per l'anno passato.

Privato era la parola chiave.

Non aveva pubblicità online, aveva troppa paura che la sua famiglia o i suoi amici scoprissero il suo sordido segreto.

Altrimenti, faceva affidamento sul passaparola e sui suoi clienti abituali, ragazzi come John.

Il primo uomo che l'ha pagata per fare sesso con lei si chiamava Peter.

Lo incontrò in un sito di appuntamenti dopo la sua rottura con Adams, ma capì immediatamente che non era per lei.

Non era il fatto che avesse quarant'anni e quindici anni più di lei.

In realtà, questa era la ragione per cui l'aveva incontrato in primo luogo, pensando che un uomo più anziano potesse dargli quello che Adams, un ragazzo di ventiquattro anni, non poteva.

Impegno, sicurezza, nuove esperienze sessuali forse.

Semplicemente non sentiva alcun legame con Peter, e lo sapeva entro un'ora dal loro primo appuntamento, la cena per due in un ristorante indiano nella parte più bella della città.

Lei lo salutò e lo ringraziò per un pasto delizioso, pensando che sarebbe stata l'ultima volta che l'avrebbe visto.

Ma Peter era più interessato a lei di quanto avesse inizialmente pensato.

La contattò due giorni dopo con un'offerta per pagarla per il sesso.

All'inizio Gina fu sorpresa, persino offesa.

Con la sua abbronzatura profonda, i capelli biondi tinti e la propensione a rivelare abiti, sapeva di aver fatto una certa impressione attraente.

Ma questo non la renderebbe una volpe, o qualcuno che le allargherebbe le gambe al primo segno di problemi finanziari.

Certamente aveva incontrato ragazze che lo avrebbero fatto.

Ma Peter sembrava essere un ragazzo così gentile, e più Gina pensava al suo debito, cominciò a chiedersi quale danno ci fosse nell'accettare l'offerta. Ci sarebbe un vantaggio reciproco.

Peter l'avrebbe posseduta e avrebbe ottenuto i soldi di cui aveva disperatamente bisogno.

Se nessuno si fa davvero male, qual è stato il problema?

Gina era ingenua, comunque.

Non ha mai immaginato quanto potesse essere avvincente il sesso retribuito, né quanto miserabile ed economico l'avrebbe fatta sentire.

A peggiorare le cose, Peter non era il gentiluomo che aveva pensato per la prima volta.

Presto si sparse la voce che era brava nei suoi servizi e poteva essere solo perché lo diffondeva direttamente.

Accordi di ogni genere, attraverso il sito di incontri in cui aveva incontrato Peter, riempivano la sua cassetta delle lettere.

Non riusciva a credere a quanti uomini più anziani stavano cercando donne più giovani con cui fare sesso e quanti erano disposti a pagare per questo.

Era stato molto redditizio per lei e presto imparò che avrebbe potuto guadagnare più soldi se fosse stata disposta a spingere i suoi limiti un po 'di più.

Gli uomini hanno pagato di più per cose come anale, dominazione, pioggia dorata e vari tipi di giochi di ruolo.

Gina aveva investito in divise da scolaretta, lingerie sexy e fruste. Aveva mangiato tutto ciò che le era stato suggerito, e aveva messo tutti i tipi di oggetti dentro di sé e aveva persino fatto finta di allattare un uomo di cinquant'anni che indossava un pannolino.

Certo, John, con i suoi soldi, aveva goduto di tutti i servizi disponibili.

Dalle prostitute di alta classe alle pornostar e persino alle tre pagine.

Era un'ossessione al limite della dipendenza.

Sembrava che tutte le ragazze giovani e belle fossero disposte a vendere i propri attributi pur desiderandoli.

È stato tragico.

Quindi, non è stata una sorpresa, dopo aver saputo da un amico, John ha contattato Gina.

E stasera sarebbe stata la loro quinta volta insieme.

Gina controllò l'orologio e sistemò i suoi vestiti nello specchio del corridoio. "Sarà tutto finito tra un anno, ragazza", ricordò a se stessa.

'Puoi farlo.'

Quindi prese le chiavi e uscì dalla porta.

Capitolo II

Dieci minuti dopo, si fermò a Midesting Road.

Erano appena passate le dieci e mezzo e una festa in piscina in una delle altre case era in pieno svolgimento.

Attraversò le porte di ferro battuto della casa di John e parcheggiò la Fiat sulla strada.

La luce della luna splendeva sul tetto della Mercedes argentata di John quando sentì il suono dei suoi talloni scricchiolare attraverso la ghiaia e si diresse verso il lato della casa.

John gli aveva detto di entrare dall'entrata posteriore.

Stasera giocheranno un gioco di ruolo.

Starà sdraiato sul letto e lei entrerà, come una ladra, e lo sorprenderà.

John adorava mescolare le cose.

Non aveva mai incontrato un uomo così sessualmente fantasioso.

Si fermò a metà del lato della casa e guardò su e giù per il vicolo.

Era sicura che nessuno l'avrebbe vista lì, ma voleva essere sicura per ogni evenienza.

Si tirò giù le mutandine, le fece scivolare sui talloni, poi si aggiustò la gonna.

Infilò le mutandine nella borsa.

Pizzo rosso, il preferito di John.

Quindi inciampò lungo il sentiero e aprì la porta sul cortile.

Un cestino di metallo risuonò quando lo colpì accidentalmente con la punta del suo tallone affilato.

'Stupido!' Si ammonì.

La luce della cucina era accesa e la porta del patio che dava su di essa era socchiusa.

John deve averlo lasciato aperto per lei.

Gina si tirò indietro i capelli, continuò la sua camminata sensuale ed entrò in casa.

Prese l'odore di bruciato quando entrò in cucina e chiuse la porta.

Probabilmente era uno dei sigari che a John piaceva fumare.

Era un tale gangster fumatore.

La casa era silenziosa.

John la stava aspettando a letto come aveva detto.

Gina attraversò la sala da pranzo arredata con cura, tutti i mobili moderni e il legno in una tonalità rosso intenso, e uscì nel corridoio.

Guardò verso la scala a chiocciola.

"John", disse beffardo. "Sei pronto o no?"

I suoi tacchi schioccarono sui gradini lucidi mentre saliva le scale.

Quando si voltò nel corridoio, vide la porta della camera da letto di John aperta.

La luce era accesa ma non faceva ancora rumore.

Poi sentì uno scricchiolio.

'John?'

Il grasso bastardo era probabilmente seduto sul suo trono nel bagno privato.

Gina si lisciò i capelli, abbassò la scollatura ed entrò nella stanza.

Tutto sembrava fermarsi in quel momento.

L'intero corpo di Gina si bloccò.

Sdraiato sul letto, completamente nudo e guardando il soffitto, c'era John, con una pozza di sangue che gli inzuppava le lenzuola e gli tagliava la gola.

Gina urlò.

Una figura scura uscì da dietro la porta e la afferrò, avvolgendole un braccio attorno al collo e mettendosi una mano sulla bocca.

"Non fare alcun rumore o taglierò anche il tuo" disse.

Gina sentì la punta acuta e fredda di un coltello intorno al collo.

'Chi sei?' gemette lei.

"Qualcuno con cui non ti piacerebbe rovinare"

L'uomo strinse la sua presa sul collo con l'avambraccio muscoloso.

'Cosa stai facendo qui?'

"Sono venuto a trovare John".

'Per cosa?'

"Mi ha chiesto di farlo."

'Perché?' chiese l'uomo.

"Solo per vederlo."

Ha schiacciato la trachea di Gina con il braccio, facendola soffocare.

'Perché?' urlare.

"Fare sesso", Gina riuscì a chiacchierare.

Cominciò a tossire quando l'uomo allentò la pressione intorno al collo.

'Sei una prostituta?' Egli ha detto.

'Non!'

'E allora?'

"Una scorta".

"È lo stesso" disse l'uomo.

Gina non disse nulla, troppo spaventata dal fatto che l'uomo potesse spezzarle il collo o pugnalarla se lo avesse contraddetto.

"Sembra che abbiamo un problema", ha detto.

Si voltò verso il corpo senza vita di John, tenendo saldamente Gina tra il braccio e il petto.

Gina sentì che si sarebbe ammalata vedendo così tanto sangue.

"Ora sei testimone di un omicidio."

Per favore, supplicò Gina.

'Non lo dirò a nessuno. Lasciami andare.'

Capitolo III

Una risata sinistra venne dall'uomo.

"Sicuramente capisci che non sarà così facile."

La paura sparò attraverso il corpo di Gina.

Sentì che l'urina calda cominciava a gocciolare all'interno delle gambe.

Non voleva morire stanotte.

L'uomo le afferrò il braccio con la mano guantata di cuoio e la condusse in bagno.

Chiuse la porta dietro di loro e si girò a guardarla.

Gina fece un passo indietro in un angolo quando vide la sua faccia.

Non si aspettava che fosse uno dei volti più belli che avesse mai visto, ma fu la profonda cicatrice che correva lungo un lato della sua guancia a sorprenderla di più.

E il suo corpo sembrava fatto uccidere, con le spalle del campione di boxe e quello poteva spezzare il collo a metà.

Era un mostro.

La guardò su e giù con duri occhi blu.

"Chi lo sa che sei qui?"

'Nessuno! Per favore, puoi lasciarmi andare e scappare. Ti assicuro che non lo dirò alla polizia.

Si avvicinò a lei con un passo lento e predatore.

'È troppo tardi per quello. Hai già visto la mia faccia. '

'Prometto che non lo dirò. Per favore, né tu né John mi preoccupate, voglio solo andare a casa. Non voglio morire. "Gina scoppiò a piangere.

L'uomo le mise una mano guantata sulla spalla nuda e si avvicinò minacciosamente al suo viso.

Gina sentì l'aria calda dal naso che le sfiorava le guance.

"Ora, ora, ora" fece le fusa. "Perché rovinare questa bella faccia?"

Fece scorrere un lungo dito sulla guancia rigata di lacrime di Gina.

L'intero corpo di Gina si trasformò in ghiaccio quando sentì il suo tocco.

C'era qualcosa di estremamente conflittuale nell'attrazione che provava per il corpo di quest'uomo e nella paura che sentiva di essere bloccata contro il muro da qualcuno che sapeva che poteva facilmente ucciderla.

Si avvicinò e le passò la lingua ruvida sul viso, facendole sentire un brivido attraversarle la pelle.

Non si aspettava cosa sarebbe successo dopo.

La mano guantata dell'uomo scivolò sotto la gonna, le sue lunghe dita sondarono le sue labbra esposte.

"Ragazza cattiva", disse alla sua inaspettata scoperta.

"Per favore ... oh"

L'uomo si era tolto il guanto e un lungo dito carnoso era dentro di lei.

Trovò il clitoride di Gina senza problemi e lo massaggiò, creando un calore che cominciò a diffondersi dentro di lei.

Si passò la lingua sui contorni decisi del collo di Gina allo stesso tempo.

Gina si girò e vide il suo riflesso nello specchio sopra il lavandino.

E vide anche questa alta e strana bestia affondare nel suo collo come un vampiro, con la lama del coltello nella sua mano libera che lampeggiava nella luce alogena come un avvertimento.

Non osava muoversi per paura che avrebbe usato il suo punto acuto contro di lei.

L'uomo si allontanò e fece scorrere lo sguardo sul suo corpo.

C'era una profonda eccitazione in loro come se potesse vedere il suo corpo nudo attraverso i vestiti.

Le sfilò la borsa dalla spalla e la lasciò cadere sul pavimento, mentre un tubetto di rossetto e mutandine rosse si rovesciavano sulle piastrelle.

Afferrò uno dei suoi seni attraverso il suo giubbotto attillato e lo strinse delicatamente, poi passò il dito sul suo capezzolo mentre si sistemava su di esso.

Era stucco nelle sue mani.

"Che cosa hai intenzione di fare con me?" Lei chiese.

"Dato che siamo soli e abbiamo il posto pronto solo per noi, ti darò quello che quel ragazzo laggiù non ti avrà mai dato."

Oh Dio, pensò Gina. Non quello.

Sentendo la sua paura, l'uomo sorrise.

'Non preoccuparti. Una volta che mi sperimenterai nella tua figa, sarai felice che l'altro sia morto.

L'uomo aveva ragione che erano soli.

Senza vicini nelle vicinanze, qualsiasi richiesta di aiuto produrrebbe risultati infruttuosi.

Se ... se fosse d'accordo, avrebbe fatto quello che aveva detto l'uomo, sarebbe potuta uscire di casa viva.

Con tutte le altre probabilità accumulate contro di lei, quale altra scelta aveva oltre a giocare al miglior gioco di ruolo della sua vita?

Quindi prese una decisione.

Stava per fare la migliore performance della sua vita.

E se falliva, aveva un piano di backup.

"Levalo" ringhiò l'uomo, annuendo verso il giubbotto.

Gina ha fatto quello che ha detto.

Quando il giubbotto le scivolò sulla testa, scosse i capelli e fissò il suo corpo.

"Voglio che anche tu ti spogli," disse.

L'uomo emise una risata beffarda.

'Non mi dirai cosa fare. E non sono così stupido come sembra credere. Buttalo giù. ' Annuì verso la gonna di Gina.

Si sbottonò la gonna e se la lasciò cadere sulle gambe, poi gli diede un calcio con il tallone.

Era lì davanti a lui con tacchi e reggiseno e con le labbra vaginali rasate esposte all'aria fresca del bagno.

Alzò gli occhi blu circondati da mascara per lo sguardo penetrante del suo rapitore.

"Com'è dolce e bello", disse, attirando aria attraverso le sue narici. 'Girarsi.'

Gina si voltò e guardò il muro di piastrelle.

Attraverso il riflesso dello specchio, guardò mentre l'uomo si chinava e le accarezzava il cavallo mentre studiava il suo sedere.

Il grosso nodulo che vide sporgere dai pantaloni gli fece capire che era ben dotato.

La fece piegare in avanti, le afferrò i fianchi e le avvicinò il cavallo.

Il grumo duro e grasso ora premeva contro la fessura delle natiche.

La sua mano nuda le toccò il culo e la spinse in avanti, con il coltello ancora saldamente afferrato nell'altra.

Gina lo guardò mentre lo metteva sul bancone vicino al lavandino e cominciò a sbottonarsi i pantaloni.

Guardò il coltello, combattendo l'impulso di afferrarlo.

Ma sapeva di non poter essere così stupida; con le sue dimensioni, l'uomo avrebbe dominato il suo corpicino di un metro e mezzo in pochi secondi. Comunque, era allettante ... molto allettante.

I suoi pantaloni neri caddero a terra rivelando un paio di boxer, anch'essi neri, su enormi cosce muscolose.

La sua erezione salì fino all'orlo, gonfia ed enorme.

Gina deglutì il respiro che quasi le sfuggì dalla bocca.

Come ha potuto ottenere tutto ciò?

Il grosso cazzo era teso contro lo stretto tessuto dei suoi pantaloncini, desideroso di uscire.

Quando l'uomo li tirò giù, la grande testa viola cadde sulle guance di Gina.

L'arto spesso e molto velato era lungo almeno cinque pollici.

L'assassino era un Adone sessuale.

Le afferrò il fianco con la mano ancora guantata e prese il suo cazzo con l'altro, guidandola verso le labbra vaginali di Gina.

Quando sentì il caldo, morbido gallo tra le labbra, Gina rimase a bocca aperta.

E quando lo spinse dentro, le sue ginocchia quasi si piegarono.

Il pene entrò in una profondità audace, pulsando di eccitazione nella sua vagina calda e bagnata.

Colpì un'area all'interno di Gina che non era mai stata penetrata prima, e il suo clitoride traditore iniziò a pompare di eccitazione, l'umidità che si raccoglieva sulle sue labbra e sui suoi muri per accogliere questo eccitante nuovo arrivo.

L'uomo cominciò a spingere, i suoi fianchi forti furono in grado di forzare la durezza delle pareti interne di Gina con una velocità straordinaria.

È stato fantastico.

Afferrò il bordo del bancone del lavandino mentre lui continuava a penetrare nelle sue umide labbra vaginali, colpendole con le palle.

Si tolse l'altro guanto e con le sue mani sorprendentemente grandi e morbide le corse lungo la schiena e le aprì il reggiseno.

Cadde sul pavimento di piastrelle, rilasciando il seno.

Ora indossava i suoi tacchi solo quando l'enorme bestia la colpì da dietro.

Gina lo sentì tirarsi indietro, la sua figa ricevette un attimo di sollievo momentaneo.

Ma non passò molto tempo prima che il suo pene fosse di nuovo dentro di lei, ma questa volta verso il suo culo.

L'enorme cazzo del killer penetrò nelle strette pieghe dell'ano di Gina, lanciando un forte dolore verso di lei che le sparò attraverso.

Per un momento, pensò che non sarebbe stato in grado di sopportare il dolore, i suoi muscoli si strinsero per espellere questo strano oggetto, ma poi si rilassarono quando il dolore iniziò a trasformarsi in piacere.

Gina aveva già fatto sesso anale prima, ma non da un fallo grande come questo.

Il piacere che le era venuto incontro adesso non era paragonabile a quello che aveva provato prima.

Doveva ricordare a se stessa dov'era.

A casa di John viene scopato da un uomo che lo ha appena ucciso.

Il cadavere morto di John, e già alquanto freddo, giaceva a pochi metri di distanza nell'altra stanza come un'orribile effigie del suo ex sé.

Gina sapeva che non sarebbe mai stata in grado di cancellare quell'immagine dalla sua memoria, non importa quanto l'avesse disprezzata.

E cancellerebbe il suo odio per lui se potesse tornare in vita e aiutarla adesso.

Ma c'è qualcosa di strano in ciò che accade quando affronti una minaccia di morte e Gina la stava vivendo per la prima volta in questo bagno in cui era prigioniera.

Un istinto prende il sopravvento, così primordiale che non ti senti più un istinto animale.

E sai che farai di tutto per sopravvivere.

Capitolo IV

L'uomo gli batteva il culo con affondi furiosi, la saliva gli usciva dalla bocca, il suo bel viso arrossato ed eccitato.

I suoni bassi e gutturali che stava facendo avvertirono Gina che stava per venire.

Strinse forte il bordo del bancone.

Le punte delle sue dita diventarono bianche mentre si aggrappava.

"Dannazione" gemette l'uomo.

'Io sto andando a correre'.

E lo fece, e un forte sospiro uscì dalla sua bocca, chiuse gli occhi e chinò la testa indietro ...

E Gina ne ha approfittato.

Lasciò cadere il bancone e afferrò il coltello.

Con un movimento deciso e deciso del braccio, lo immerse nel collo del suo violentatore.

Saltò in piedi e premette la schiena contro il muro, le piastrelle fredde contro la schiena fradicia di sudore.

Con gli occhi spalancati per la paura e la preoccupazione, Gina vide l'uomo in piedi in una posizione statica, soffocando mentre i suoi grandi occhi la fissavano.

Il coltello sporgeva dal suo collo spesso e lucido e il sangue rosso scuro filtrava lungo il colletto del suo cappotto nero.

Il suo cazzo era ancora eretto, una scia luminosa di sperma che pendeva dalla punta.

I suoi occhi sbalorditi rimasero fissi su quelli di Gina mentre la sua bocca si apriva e il sangue si riversava sul labbro inferiore.

Riuscì a gorgogliare la parola "Puttana" prima di crollare all'indietro e schiantarsi contro la porta.

Gina lo guardò per un momento, il suo petto che si alzava e si abbassava, prima di scoppiare in una risata folle. Il suo piano aveva funzionato.

Prima volta. L'aveva visto allo specchio chiudere gli occhi mentre eiaculava, quindi era felice del fatto che avesse reso l'attacco molto più semplice.

Afferrò i suoi vestiti e si vestì rapidamente, questa volta rimettendosi le mutandine.

Afferrò la borsa e prese a calci l'attaccante con la punta acuminata del tallone. Poi gli sputò in faccia.

"È per chiamarmi puttana, figlio di puttana!"

Spinse indietro il corpo in modo da poter aprire la porta.

La parte posteriore del cranio colpì il tappeto con un tonfo mentre apriva la porta.

Camminò in punta di piedi sul corpo intriso di sangue ed entrò nella camera da letto.

Guardò il corpo di John sul letto.

Sangue sul pavimento.

Sangue a letto.

La morte ovunque guardasse.

Era troppo.

Gina corse fuori dalla stanza e scese la scala a chiocciola il più velocemente possibile con i suoi tacchi, con triangoli cremisi che macchiano il pavimento mentre camminava.

In fondo alle scale si fermò, asciugò le lacrime e controllò i suoi pensieri.

Questo stile di vita le aveva rovinato tutto.

L'aveva resa miserabile e cinica con gli uomini.

Aveva riorganizzato il morale.

E quel grasso bastardo morto era uno dei peggiori con i suoi modi corrotti e le sordide fantasie.

Era un modello nella società, ma ha diffuso e infettato tutto ciò che ha toccato con i suoi modi corrotti.

Inclusa lei.

Gli aveva fatto qualcosa che non era.

E ora l'aveva trasformata in un'assassina.

Aveva ucciso per legittima difesa e la merda che giaceva in una pozza del suo stesso sangue meritava tutto ciò che le era successo.

Ma sapeva che non avrebbe mai dimenticato.

Come l'aveva maltrattata come se non fosse altro che una puttana sporca e come il suo corpo l'aveva tradita rispondendo con piacere al tocco delle sue mani sporche e omicide.

Quante vite di altre giovani donne devono aver rovinato questi due?

E quanto soffrivano ancora quelle ragazze?

Non soffrirò più, pensò Gina.

Corse su per le scale e in camera da letto.

La vista dei due cadaveri morti le fece venire voglia di vomitare, ma inghiottì la nausea con un gomito e si avvicinò al letto.

La faccia di John era una maschera di orrore, la sua bocca era nera e aperta come un pesce, gli occhi congelati dal terrore.

Gina distolse lo sguardo e prese il braccialetto d'oro intorno al suo polso tozzo.

C'era un sottile medaglione rettangolare che fissava la catena.

Lo aprì e lesse il numero all'interno: 47689.

Ripetendo il numero sulla testa come un mantra, chiuse il medaglione e allungò una mano nella borsa.

Prese un fazzoletto e si asciugò le impronte digitali dal medaglione.

Diede a John un ultimo sguardo sprezzante prima di voltarsi e correre di sotto.

Corse lungo il corridoio finché non raggiunse lo studio di John e aprì la porta.

Scrutò la stanza finché i suoi occhi non caddero su ciò per cui era venuto.

John è al sicuro.

Si era vantato del suo contenuto in una delle visite di Gina e lei aveva chiesto di sapere cosa c'era dentro.

"Bei gioielli", aveva detto con un sorriso arrogante.

"Vale più di tutta questa casa."

Quindi toccò la catena sul suo polso e si portò il dito sulle labbra. "Shh".

Gina andò alla cassaforte sul muro e compose il numero.

La cassaforte ha cliccato per indicare che poteva essere aperta.

Aprì la porta d'acciaio e guardò dentro.

In cima a una pila di buste marroni c'era un portagioie rosso vellutato.

Gina sentì un nodo allo stomaco.

L'aprì per trovare la collana di diamanti più incredibile che avesse mai visto, con le sue pietre meravigliosamente realizzate scintillanti di effetto cinematografico.

"Vale più di tutta questa casa", sussurrò a se stessa.

Abbastanza per pagare tutti i tuoi debiti e altro ancora.

Con il cuore che le batteva nel petto, chiuse il coperchio e mise il portagioie nella borsa.

Quindi chiuse la cassaforte e si strofinò il fazzoletto sulle sue possibili tracce.

Si affrettò fuori dallo studio e percorse il corridoio fino alla porta d'ingresso, controllando che i suoi tacchi non avessero lasciato impronte incriminanti su di lei sulle sue tavole lucide.

Non tuo.

Aprì la porta di casa.

L'aria fresca e dolce le colpì le guance mentre entrava nella notte e il peso della presenza in casa le scivolò istantaneamente dalle spalle.

Finalmente libera, corse lungo la strada sterrata e saltò in macchina, gettando la borsa sul sedile del passeggero.

Lasciò cadere la testa sul volante ed emise un grido profondo e gutturale.

Esausta ed esausta, allungò una mano nella borsa e tirò fuori il telefono.

Compose il 911.

"La polizia, per favore, ho appena ucciso un uomo".

FINE

69